너도 작은 별

나도 작은 별이다

너도 작은 별
나도 작은 별이다

오세찬 시집

좋은땅

별은 저마다의 자리에서 빛난다
작은 별은 작은 별대로 빛나고
그 빛들이 다시 은하수를 이룬다
바람이 흔드는 풀잎도
한 철 피고 지는 꽃잎도
모두들 작은 빛 하나 품고 살아간다
풀벌레 울어 대듯 사랑하고
별이 스러지듯 이별하며
파도가 부서지듯 좌절해도
삶은 다시 피어나고 일어서고
때로는 칼바람 같은 현실 속에서도
함께 타오른 촛불은 빛이 되어 가고
부서져도 다시 이는 파도처럼
짓밟혀도 다시 피어나는 들꽃처럼
우리들은 함께 기억하고, 함께 빛을 밝힌다
너도 작은 별, 나도 작은 별
우리는 크지 않아도 충분히 빛날 수 있다
어둠이 내려도, 길을 잃어도
서로를 비추며 함께 걸어갈 수 있다
이 시들이 작은 불빛이 되어
누군가의 가슴에 오래도록 반짝이기를 바라며
너의 빛이, 나의 빛이
어둠 속에서도 지지 않는 별이 되기를……

1부

달빛으로

위로받고

별빛으로

꿈을

찾는다

달빛 기도

가끔은 길을 잃을지라도

깜깜한 밤 달빛 흐르게 하여 주시고

아무리 소망할지라도

동그랗게 채워지면

더 이상 달빛 넘치지 않게 하시며

태양 앞에서 절망일지라도

눈썹달만큼은 달빛 지지 않게 하소서

그때 그 별

한여름 밤에
마당에 멍석 펼치면
밤하늘엔 별이 가득했지

모닥불에
감자 타는 줄 모르고
멀리 있는 별을 가리켰지

떠나고 싶었지
따라가고 싶었지

쫓고 쫓기던
도시 불꽃 인생 반평생

그때 그 별
여전히 멀리서 반짝이는데

그리워만 할 뿐
다시는
별빛을 쫓아 떠나지 못하리

별빛 사랑

행복이란
사랑으로 충분하기에

사랑하고픈 마음이야
끝이 없으련만

삶은 흘러
초라함을 거스르지 못하고

사랑은 욕심을 넘어
슬픔이 되어 가다 보면

다가서지 못하는
아련한 그리움만 남아

삶이 다할 때까지
별빛으로 빛나고 있으리라

낮달

밤새도록 하얗게 태우고
오늘 하루도 물들어 간다

화려한 불꽃을 피우려다
되돌아갈 수 없는 상처를 입고

바람 하나 소원을 빌다
그리움으로 남겨 놓는다

슬픔으로 상처를 덮고
소원을 그리움으로 잊고 사는 사람들

달빛은 흐르다 흐르다 지치면
가시지 않은 상처를 품고

그리움 부르다 한으로 남아
낮달로 다시 하얗게 태운다

보름달

저 높은 곳에 계신 달님께 비나이다

저 내 새끼들
이 어미가 짊어진 짐으로
슬픔이 되지 않게 해 주시고
남의 것 탐내지 않도록 돌봐 주시길 비나이다

길을 잃은 캄캄한 밤
당신만이라도 빛을 내려 주시어
헤매지 않도록 잡아 주시고

혹시라도 삶에 지치면
부족한 이 어미의 탓이니
눈물 흐르지 않게 도와주시길 비나이다

살아생전
기도 한번 올리지 못한 이 못난 자식
당신은 가고 없는 달 밝은 밤
그리움 사무쳐
이제야 당신을 위한 기도를 올립니다

달님이시여!
한평생 신고 가신 낡은 고무신
예쁜 꽃신으로 갈아 신게 해 주시고

이놈을 위한 근심 걱정으로
더 이상 눈물 고이지 않도록 도와주시옵소서

달님께 간절히 비나이다

눈썹달

클릭 한 번으로 장바구니 가득 채운다
금덩어리도 채워 보고
비트코인도 채웠다가
클릭 한 번으로 바람을 삭제한다

하늘엔 별빛 가득하고
땅에는 초록빛 가득한데
무엇을 더 담아야 할까?

아끼고 사랑하는 것들
내 것이라 믿고 싶지만
잠시 맡겨졌을 뿐
영원한 나의 것은 없을 텐데

나는 짊어지고 갈
마지막 장바구니에 무엇을 담아야 할까?
사랑하는 사람 그리움으로 채워 볼까
이루지 못한 별빛 꿈으로 채워 볼까

먼 길 돌아 마지막 달빛으로 오르는 길엔
장바구니조차 내려놓고 오라며
눈썹달님 저물며 빙그레 웃고 있네

별빛 기도

바라만 볼 뿐

당신만을 의지하지 않게 하시고

소원을 말할 뿐

당신을 향하여 떠나지 않게 하시며

빛을 발할 뿐

당신 빛으로 어둠이 오지 않게 하소서

별똥별

멀리서 빛나고 있어
그토록 가고 싶었던 곳

어느덧
지쳐 버린 별똥별 되어
어디론가 사라져 버리고

달빛마저 구름에 가려
더듬이를 잃은 하늘소처럼

오르고 오르려 하지만
방향 없이 제자리서 맴도는 삶이여

별빛이 전부인 양
처절히 매달리며 걸어온 길

가을 하늘 아래
알맹이는 사라지는 텅 빈 들판처럼
빛나던 별빛도 하나둘 흩어지고

가야만 하는 멀지 않은 언덕길에
안개만이 자욱하여라

새벽별

가난해도
외롭지 않았던 시절

그리움 속에서
반딧불처럼 반짝이고 있네

별빛을 쫓아
헤매며 걸어온 길

어느새
유성이 되어 떠돌고

가진 것 없어도
보듬어 주었던 시절

반짝이는 별이 되어
그리운 별이 되어

아득한 뒤안길에서
샛별처럼 빛나고 있네

이미 별이 되었는데

집 나간 새끼 그리워
밤새 열어 놓은 사립문에

달빛 그림자 기어들고
바람 소리 새어 드는 밤

그리움에 뒤척이다
보고픔에 눈물 흘리다

사립문 닫히기도 전에
먼저 눈을 감으셨지

새끼는 이미 별이 되었는데…

도시의 기도

서쪽 하늘 아미달 바라보며
애절한 사랑 노래 불러 보고

북쪽 하늘 칠성별 바라보며
간절한 소원 하나 빌어 본다

상처 입은 사람들
달빛으로 위로받고

절망하는 사람들
별빛으로 꿈을 찾지만

화려한 불꽃에 가려
달빛 별빛 보이지 않고

꿈도 소원도 없이
채워 달라는 기도만 있을 뿐이다

별빛

소박하여 작은 별을
욕망이 앞서 큰 별을

크고 작은 별 하나씩
가슴에 품고 산다

삶에 지친 너는
새벽별에 기대고

방향을 잃은 나는
북극성에 기대어

한평생
잡아 두고 품어 보지만

하늘을 향한
간절한 기도는

세월이 흘러
별똥별 되어 사라지고

너와 나의 고단한 삶은
어둠 속에 머무는데

캄캄한 밤하늘엔
부질없는 별빛만 가득하다

작은 별

멀리서 보면
내가 살고 있는 곳이 별인 것을

높은 곳만 보려 하지 말자
하늘만 보려 하지 말자

자세히 보면
오몰조몰 그곳에 사는

나도 별이고
너도 별인 것을

한없이 그리워하지 말자
한없이 부러워하지 말자

태양도
큰 별빛의 수백만 분의 일

너도 작은 별
나도 작은 별이다

2부

내가 있어 네가 아름다워지길

가을 산길

가을빛 짙은 산길에
부러움 없는 청초한 꽃송이들

뿌리 줄기 잎 그리고 꽃잎에
더한다면 향기까지만 품고 산다

절실한 것만 가지고 살았던
그래서 만족했던 검정 고무신

뒤꿈치 해져 모래알 서걱거려야
새것으로 바뀌던 시절은 밀리고

절실하지 않아도 널브러진
자동차 냉장고 텔레비전 세탁기들

간절하지 않아도 당연히 갖추며
의미 없는 만족에 젖는가 보다

단출한 차림으로 살아온 날들
네가 그래서 청초하게 피었음을

끄덕이며 내려오는 산길 빈 의자
누군가를 기다리고 있는 것 같아

숨은 차오르는데
품지 않아 가벼운 마음으로

나에게 따뜻한 미소를 보내며
비워 둔 채 산길을 내려왔다

볼 수 없어 더 아름답다

가다가 가다가
되돌아보면 더 아름다울 때가 있다

가난한 사람들 모여 사는
초가지붕 뒤편에 살구꽃 수줍고

흙담 벽에 기대어
환한 마음 비추며 흐드러진 노란 개나리꽃

모두가
뒤안길로 지나가 버린 흔적들

책보자기 둘러메고 동무와 함께 넘던
아지랑이 언덕길에 진달래꽃 가득하고

소녀의 긴 머릿결처럼
싱그런 바람에 찰랑이던 청보리밭이여

그리움 남기고
볼 수 없어 더 아름다운가 보다

사랑

네가
멀리 있어도
곁에 있어도

울고 있어도
웃고 있어도

실망하여도
만족하여도

부유하여도
가난하여도

젊음이어도
황혼이어도

별빛 지고
달빛 흘러도

사랑은
언제나
내가 네가 되어 주는 것

그날의 약속

오늘은
그대와 내가 꿈을 꾸고 찾던
사랑하는 꽃나무를 함께 심는 날

그대와 나는
가장 행복한 마음으로
변하지 않는 별빛에 약속합니다

햇볕이 너무 따가우면
나는 그대에게 그늘이 되어 주며
모진 비바람이 몰아치면
나는 그대에게 버팀목이 되어 주고

세월 감에 꽃잎 시들어도
나는 그대에게 향기만은 잃지 않을 것이며
삶의 끝자락에 마지막 꽃잎 떨어질 때까지
나는 그대의 향기 안에 머무를 것입니다

오늘 그대와 나의 약속은
바람이 불어도
어둠이 내려도
사라지지 않는 별빛처럼

언제 어디서나

당신과 나를 지켜 주며
영원히 빛나고 있을 것입니다

아직도 나는
그날의 약속을 기억합니다

인연

강이 흐르다 넘침이 있었으니

들판이 있고

산이 깊으면 계곡 있었으니

바다가 있고

당신 고난의 슬픔 있었으니

내가 여기 있나 보다

길제골 사람들

서로 먼 곳에서
너는 파란색 나는 빨간색을
좋아했던 사람들

어릴 적 그리움을 쫓아
세자봉 포근한 자락에
운명처럼 안기어

너는 나에게
나는 너에게
보라색이 되어 주고

캄캄한 밤
세자봉 밝히는 샛별보다
더 초롱한 빛으로

삶의 무게에
지치지 않도록
서로 낯설지 않도록

당신은 나에게
나는 당신에게
등대가 되어 주며 살아가리

고향

가고파라 가고파라

서산에 해 질 무렵
소 모는 아이 돌아올 때면
굴뚝엔 하얀 연기 피어오르고

눈망울 반짝이는 아이들
가재 잡고 물장구치며
햇살처럼 미소 짓던 곳으로 가고파라

그리워라 그리워라

새벽 달빛에 기댄 삶
온몸이 저리고 저릴지라도
언제나 따뜻한 손길로 얼러 주시고

철없이 뛰어논 아이
살며시 아궁이 앞으로
끌어안아 주시던 엄마 품 안이 그리워라

햇볕 따사한 봄날에 그리움만 가득
마음은 허공에서 떠돌 뿐
가고파도 가고파도 머물 곳은 없어라

살구꽃은 붉게 피는데…

세월

한설 매서워도
잠시 기다릴 뿐

비바람 몰아쳐도
잠시 흔들릴 뿐

꽃은 피고

눈보라 없어도
꺾이지 않을 뿐

된바람 없어도
흔들리지 않을 뿐

꽃은 진다

그 섬에 가면

그 섬에 가면
가난에 떠밀려 엄마는 바다로 가고
누이 등에 업힌 아기
한순간에 모래벌에 박혀
한평생 꼽추로 살아가는 사람이 있다

그 섬에 가면
가난은 아기의 치료를 거부하고
등이 굽은 채로 꼽추가 되어
한평생 진저리 치도록 아픔을 안고
바다를 지키고 있는 한 사람 살고 있다

그 섬에 가면
아린 마음 한으로 남아
섬을 떠나 하늘에 올라 누이별이 되어
밤바다에 폭풍우처럼 눈물 흘리고
저린 마음 한이 되어
천수 다하지 못한 엄마별이
찢어지는 파도 소리에 울부짖는 통곡이 있다

그 섬에 가면
눈물이 바다를 가르고
통곡으로 파도를 넘으며
아무도 없는 밤바다에 통통배 띄워 놓고

속이 다 타 버린 가슴에 술을 부으며
밤새도록 별을 바라보는 꼽추가 살고 있다

꽃이 묻고 로봇이 답하다

꽃이 물었다

너는
등잔불보다
밤낮 없는 전등이 부럽냐고

너는
풀벌레 소리보다
기계음 소리가 듣고 싶냐고

너는
우마차보다
자동차가 갖고 싶으냐고

너는
인간보다
무정한 AI에 끌리냐고

로봇이 답했다

내가
가장 갖고 싶은 것은
사랑이라고

함박눈 내리는 밤

품으려던 많은 것들
하얗게 갇히어 눈에 보이지 않기를
까맣게 막히어 귀에 들리지 않기를 바라 본다

하얗게 갇히고 갇히다 보면
아무도 없는 그곳에
비로소 내 안에 내가 있다

하얗게 갇힌 내 안의 나에겐
기다림마저 사라지고
차분하게 가라앉을 대로 가라앉다 보면
더 이상 그리움도 없어라

까맣게 외로움마저 떠나 버리고
버릴 대로 버리다 보면
그 끝에는 더 이상 쓸쓸함도 없어라

하얗고 까맣게
푹푹 갇혀만 가는 밤
내 안의 나조차 잊을 수 있어 참 좋아라

어느 어머니의 축사

작은 일에도 행복을 느끼며

서로에게 향기 나는 삶을 살고

따뜻한 마음으로 이웃까지도 사랑하며

많은 시간들 다정히 함께 나누어

서로를 존중하고 이해하며

한평생 평화롭게 살기를…

이 어머니의
간절한 기도에 응답할 수 있을까?

먼 훗날 그들이
시집 장가 보내는 날 답할 수 있으리라

아름다운 눈물

가난과 잿빛에
별빛마저 사라지고
아이들 눈망울만 반짝이는 땅

절망 위에 꽃씨를 뿌리고
어둠에 햇살이 되어 준
당신은 가장 아름다운 꽃입니다

누구나
꽃 한 송이 피우고 산다지만
향기롭기 어려운데

당신은
머나먼 땅의 절망에
고통을 함께하며

버려진 자의 아픔에
어둠을 넘어
빛이 되어 주는 사람

숭고한 꽃을
보고 있노라면 눈물이 납니다
아름다워 눈물이 납니다

* 가난한 이국땅에서 봉사활동을 하고 있는 어느 젊은이를 기리며

내가 기도하는 이유

내가 종교를 믿는 이유는
남의 것을 탐내지 않도록
타인에게 상처를 주지 않도록
언제나 기도할 수 있기 때문이다

내가 종교를 믿는 이유는
가족이 불행하지 않도록
이웃이 고통받지 않도록
언제나 기도할 수 있기 때문이다

내가 종교를 믿는 이유는
나와 가족과 이웃에게
아픔을 준 사람들 용서할 수 있도록
언제나 기도할 수 있기 때문이다

내가 종교를 믿는 이유는
가족을 사랑하고
이웃을 사랑할 수 있도록
언제나 기도할 수 있기 때문이다

내가 기도하는 이유는
죄짓지 않으며 평화를 원하고
용서하며 사랑할 수 있도록 기도드리면
영원히 이끌어 주신다는 것을 믿기 때문이다

기억하고 싶은 사람들

어느덧 가을이 되어 버린 밤하늘에
당신들이 웃고 울고 간 세월의 흔적이여

귀뚜라미 울어 대는 애달픔 깊어 가도
당신들이 있어 슬프지 않았으리

이미 떠나 버린 하얀 나비지만
돌아와 사랑을 다시 품게 하고

헤어짐이 다가올 때
당신 노래로 그 쓰라림을 견딜 수 있었지요

사랑을 잃고 거리를 헤맬 때
누군가는 슬픔을 함께하고 있음을

살아가며 무엇이 사랑이고
무엇을 위하여 분노하여야 하는지

당신들 같은 별들이 있어
이겨 내며 깨달을 수 있었습니다

당신들의 노래는
별이 되어 영원히 빛나고 있습니다

* 김정호, 김현식, 김광석, 정태춘 님들께 이 시를 바칩니다.

소쩍새

언덕 위 큰 소나무 아래 초가집
별이 없어 혼자인 시절

잠 못 들고 깨어 있어도
소쩍새 울음소리에 외롭지 않았었지

흩어진 사람들
발길 닿지 않는 먼 곳에서 그립고

큰 소나무 베어진 자리
소쩍새도 함께 떠나고 없지만

적막이 깊어 가는 밤
소쩍새 울음 그리다 보면

보듬었던 아린 추억들
빛바랜 사진처럼 스쳐 지나가고

지금도 어디선가
소쩍새 소쩍소쩍 울어 대면

그리움 쌓여 외로운 마음
그 시절을 아른아른 달래 주네

삶 1

뿌리
　　고난

줄기
　　인내

꽃잎
　　사랑

낙엽
　　이별

삶 2

보이지 않는 어둠 속에서
너를 품고 아픔을 견디고
찬란한 빛에게 너를 보내려
언 땅을 녹이며 너를 깨웠다

파란 하늘에 가득 찬 햇살
손 내밀어 잡아 보고
대지를 스친 구름 같은 바람
감격의 숨결로 들이마신다

바람이 불면 흔들리고
비가 오면 빗방울에 두들리며
눈이 오면 가랑이 짓눌려도
쓰러지지 않으려 몸부림치고

미소 담은 햇살에 뺨을 내밀고
부드러운 바람에 마음을 열며
꽃 한 송이 피우기를
햇살과 바람을 모아 기도를 올렸다

옅은 햇살에 짙은 화장을 하고
세월 감이 서러워
뒹굴며 바스락거리며 울어 보지만
이미 찬 서리 흩어져 내리고

푸르름 다 떠나보내며
꽃 한 번 피우지 못하고
황량한 가지만 남아 쓸쓸하여도
그래도 눈꽃은 한 번은 피운다

그래도 한 번은 눈꽃은 핀다

가을밤

밤하늘에 별은 총총히 빛나고
청량한 가을바람 고요 속에
풀벌레 사랑 가득하다

티 없는 맑은 눈빛으로
나는 너를 부르고
너도 나를 부르며

감미로운 목소리로
수줍은 너를 안아 주고
설레는 나를 잡아 준 사랑

아마도
가슴 터질 듯한
환희의 첫사랑이었으리라

엄마 품을 떠나 처음으로
너의 향기로움에
잠 못 들며 지새운 풋풋한 사랑

아무도 없는 가을밤에
설레임만 남아
아련히 별빛으로 반짝이고

찌르르 찌르르
여치 울음소리만이
님 그리운 눈가에 흐르고 있네

초심

사랑의 씨앗을 품고
기름진 땅이 되어 주며
피어나는 사랑이 꺾이지 않도록
버팀목이 되어 주리라

더울 때
넓은 그늘로 다가가고
추울 때
따뜻한 햇살로 안아 주며
목마를 때
단비로 꽃 한 송이 아름답게 가꾸어
넘칠 때나 부족할 때나
빈자리를 향기로 채우리라

삶은
행복을 찾아 가는 과정
사랑은
행복을 초대하는 손님이기에
사랑을 가장 소중히 여길 것이며
당신 존재만으로도
충분히 행복하다고 다짐했건만

어느덧 세월은
세파에 찌든 잔주름만 남기고

그렇게 부풀었던 초심은
떨어지는 꽃잎이 되어
가을바람 타고 한 잎 두 잎
허공에 날리고 있네

삶의 여정

바라만 보고 가노라면
쉬어 가지 못하고

재촉하여 가다 보면
머물지 못하며

머물며 쉬어 가지 못하면
다다르지 못하리라

서둘러
많이 거둔 자에게도

뒤돌아보며
적게 거둔 자에게도

삶의 끝자락엔
남는 것도 부족한 것도 없을지니

내려놓는 아픔 없이
갈무리할 수 있는 자

마지막 여정을
후회 없이 맞이할 수 있으리

미움과 사랑

푸르름 지나
붉은 낙엽 달랑이는 지금

미움으로 떠났던 사람들
다시 사랑으로 돌아온다

세월 앞에 미움은 흐르고
사랑은 바람 불어도 머물며

삶이란
미움에 흔들리고
사랑에 내어 주며

어제의 미움을
오늘의 사랑으로
끝없이 덮고 사는가 보다

배움

먹고사는 것에
새들이
나보다 앞서 있나 보다

짝을 부르는 데는
풀벌레가
나보다 더 애절하고

옹기종기 속삭임은
나무들이
나보다 더 다정한가 보다

새에게서
삶을 배우고

풀벌레에
사랑을 배우며

숲에서는
네가 나임을
내가 너임을 배웠다

심해

오늘 지금 이 시간
이미 저만치 흐른다

꽃이 피어도
바람이 불어도
되돌아보지 못하고

뒤안길이 부끄러운지
낮은 데로 낮은 데로
흐르고 흐른다

가지 않으려
붙잡고 부딪혀 보지만
상처만 입고 떠밀려 간다

보이지 않아 평화롭고
고단한 여정의 끝이라서 조용한

별빛도
달빛도 없는
가장 아늑한 곳으로 흐른다

끝이라서 깊은 곳으로
흐르고 또 흐른다

운명

파랑 꽃에게 물었다

너는 행복하냐고

아니라고 했다

그래도

빨강 꽃으로

필 수는 없었노라며

떨어지는 꽃잎은

하늬바람에도

뒤돌아보지 않았다

세월의 의미

푸른 시절
가난하다고 해서
힘겹지는 않았다

안아 주는 자 있어
이겨 낼 수 있었다

단풍 들 때
많은 것 떠나간다 하여도
외롭지는 않았다

남아 주는 것만으로
충분했었다

낙엽 질 때
발자국 지우며
허망이 따라온다 할지라도

세월의 의미는
나를 슬프지 않게 하리라

板殿

당신은 너무 높이 있어
나는 가까이 가지 못합니다

새싹을 틔워
천둥번개 맞아 가며 피운 꽃
향기마저 내려놓아도
당신은 저 멀리서 아득합니다

강렬한 태양 아래서
목마르게 물들인 마지막 단풍잎까지
모진 세월에 떠나보내고
메마르게 남은 가지 끝에서도
보이지 않는 당신입니다

타고난 기질, 까칠한 욕심
화려한 열정까지도 버리고 나면
당신에게 갈 수 있는지요

무념무상 해탈의 경지이면
당신이 언젠가 불러 주실는지요

나를 지배했던 수많은 생각들
다 지워 버리고 어린아이 시절 순수로
되돌아가면 당신을 맞이할 수 있는지요

당신은 너무 멀리 있어
나는 가까이 가지 못합니다

* 板殿: 추사의 마지막 글씨

가장 소중한 것

삶에서 가장 소중한 것이 무엇이냐고
너 자신에게 물어보아라

부라고 생각이 들면
당신은 천박한 자가 될 수 있다는 것이고

권력이라 생각이 들면
당신은 폭력자가 될 수 있다는 것이며

명예라고 생각이 들면
당신은 작은 것을 짓밟을 수 있다는 것이니

사랑을 가장 소중히 여긴다면
당신은 가장 아름답게 살 수 있으리라

벗

가을 하늘 뭉게구름
솜털처럼 자유로운 날

그리던 벗님 찾아와
술 한 잔에 시를 담고 음악을 담았다네

밤하늘 반짝이는 별빛을 무대 삼아
풀벌레 반주에 노래 부르며

당신이 나인 양
내가 당신인 양

술 한 잔 가득 채워 주며
가슴을 열고 별빛을 품고

벗님과 함께 있어
시는 시처럼
음악은 음악처럼 흐르고
술은 술처럼 취하였으니

극락세계 따로 없다며
노자선생 너털웃음으로 웃고 간다네

그리움

비우려는 마음도

흘러가는 강물일 뿐

그리움으로 남아

오늘을 살고

채우려는 욕심도

손에 쥔 바람일 뿐

그리움 하나 있어

내일을 사는가 보다

도시불꽃

별빛 쫓던 장수풍뎅이
높은 유리벽에 부딪혀 기절하곤
이내 흔적도 없이 사라지고

소곤소곤 울음으로
사랑을 부르는 풀벌레들
광란의 소리에 떠난 지 오래다

살아남은 자들
고충빌딩 불빛에 소원을 빌고
비트코인에 꿈을 담지만

시인의 노래를 불러 주는 사람들
덩그러니 산골을 지키는 사람들
그리움 있어 외롭지 않은 사람들

아직도
꿈은 별빛에 기대고
달빛에 소원을 빌며 산다

내가 있어
당신이 아름다워지길 바라며 산다

등대

파도를 넘어 등대 하나
헤매는 발길 잡아 준다

멀고 먼 고난을 헤치고
그리움을 안아 주는 곳

등대는 밤이 새도록
가까이 오라고 손짓을 한다

어린 시절 방황은
엄마가 등대 되어 잡아 주고

엄마는 밤하늘 달빛을
등대 삼아 기도를 올렸다

세월 지나 엄마 떠나보내고
등대를 잃었으니

어디로 가야 하는지
수평선마저 멀리서 흔들리고 있네

세월 맞이

꽃은
시들 수 있어 아름답듯

나도
세월 감에 슬퍼하지 않으리

삭은 가지 떨쳐 버린
품격 있는 언덕 위 고목처럼

나도
욕심 내려놓고

단출하여 상처 입지 않는
고상한 마음으로

품위 있게
세월을 맞이하리라

할미꽃

죽어서야 립스틱 짙게 바르고
세상을 바라본다

살아생전 가난에 지쳐
허리 한 번 펴지 못하고

삶에 지쳐
립스틱 한 번 바르지 못하였다

죽어서 더 편한 세상인지
산새들 반겨 주지만

별빛 달빛 볼까나
립스틱 짙게 바르고 홀로 외로운데

고향 떠난 자식 도시의 낭인 되어
잠든이 찾아와 술 한잔 따라 놓고

"어머니 저를 왜 낳으셨나이까"
목놓아 원망해 보지만

대답은 없고
눈물 훔치는지 구부정히 홀로 수줍다

꽃

부를 쌓았다고 자랑하지 말라

작은 꽃이라도 아름다우리라

명예를 얻었다고 자만하지 말라

살며시 다가가면 향기로우리라

권력을 쥐었다고 휘두르지 말라

바람에 꺾이어도 또 다시 피우리라

석이버섯바위

허름한 시골집 작은 창틈으로
실눈처럼 새어 나오는 엷은 불빛에 기대어
귀뚜라미 짝을 부른다

도시불꽃 찾아
듬성듬성 비워져 가는 가을 들판처럼
한 집 두 집 세월 따라 떠나가고

작은 꼼지락을 별빛 삼아 살던
옹기종기 작은 집 창틈의 불빛들
바람 따라 사라져 간다

사라지지만 지워지지 않는
저 희미한 불빛 속에서
아직도 하늘을 바라보는 사람들

귀뚜라미 짝을 찾는 그리움처럼
별빛 달빛 그리다가
홀로 지쳐 사라지고

뒷산의 석이버섯 달고 사는 바위처럼
풀벌레 바람소리 들릴 뿐
별빛 달빛마저 그냥 두고 가 버리네

그리움 남겨 놓고
외로움 남겨 놓고

목련

언제 오시려나
가슴속에 미소를 담고

짝 잃은 산새처럼
기다림에 지치다 보면

언젠가
임이 오시는 날
미백의 미소로 피어나

짧은 만남 뒤에
이별은 다가와
처절한 아픔이 남을지라도

떠난 임
다시 오시기를 기다리며

오늘도
그리움을 미소에 담는다

꽃의 삶 1

네가 꽃 한 송이를 피우려

바람이 불면
꺾일지라도 다시 살아남고

한설이 몰아치면
죽을지라도 새싹을 틔우며

하루하루 다 바쳐 살았듯이

바람 많은 내일이
가난에 밀려 절망일지라도

별빛 없는 쓰라린 상처에도
마음의 문을 열고

마지막 꽃잎 떨어질 때까지
나도 그렇게 살아 보리라

꽃의 삶 2

당신은 잘 살았느냐고
나에게 물으신다면
나는 잘 살았노라고 답하겠습니다

햇살이 비치는 대로
바람이 부는 대로
꽃 한 송이 피웠으니 말입니다

당신은 행복하냐고
나에게 물으신다면
나는 행복하다고 말하겠습니다

햇살은 시들고
바람 없이도 흔들리면

떨어지는 꽃잎
한 잎 두 잎
구름 따라 태워 보내고

오지 않는 날
미련 없이 되돌아갈 수 있으니
나는 행복하다고 말입니다

피지 못한 꽃

나는
당신이

얼마나
나를 위하여 모든 것 바친

못다 핀 꽃이었는지
나는 알지 못하였습니다

피지 못한 슬픔으로
아파했을 당신을
헤아리지 못하였건만

당신은
이미 가 버리고

이 몸도
꽃 한 송이 피우지 못한 채
한 잎 두 잎 바람에 흔들립니다

당신의 슬픔에 답하지 못하고
세월은 저만큼 흘러만 갑니다

꽃들의 세상

그대들의 세상은

크고 작은 것들이
함께라서 아름답고

색 다른 것들이
함께라서 아름답습니다

향기 넘치는 자들도
함께해서 아름답고

향기 없어 외로운 자들도
함께해서 아름답습니다

바람이 상처일지라도
함께 맞으니 아름답고

햇살이 은총일지라도
다툼 없이 함께 나누니

그대들의 세상은
참 아름답습니다

소나무

미움과 사랑으로
가득했던 푸르름이여

세월의 아픔 속에
하나둘씩
삭정이 되어 멀어져 간다

미움에는 용서를
사랑은 소중함으로

지나온 삶의 흔적들
옹이로 남아

네가 없는 빈자리에
또렷하게 채워지고

오늘도
햇살 한 줄기 기다리며

손 내밀어
떠나려는 너를 잡아 본다

개나리꽃

아지랑이 타고
살며시 봄날이 오면

소리 없이
당신도 사뿐히 달려옵니다

당신이 내게로 오면
내 마음엔 별꽃이 피고

잊을 수 없는 그리움은
더욱 깊어만 갑나다

사라진 별꽃이 되어 버린
가난하고 철이 없던 시절

초가집 담장에 기대어
넉넉하게 품어 주었던 당신

봄날이 오면
별꽃으로 다시 피어나

흔들리고 있는 나를
살포시 안아 주고 떠나갑니다

못다 핀 꽃

누군가를 위하려다
피지 못한 꽃이 더 아름답습니다

못다 핀 꽃 한 송이
누군가를 바람 막아 주고
괴로움 안아 주며 지켜 주었으리라

누군가를 위하여
홀로 피려 하지 않았고
밟혀 꺾이어도 다시 일어나

너만은
따뜻한 햇살에 미소 짓도록
거친 한설 막아 주었으리라

활짝 웃고 있는 너의 모습에서
누가 피지 못하고
누가 꺾이었는지 잊혀진 지금

못다 핀 꽃 한 송이
이미 지고 저 멀리 있어도
당신이 더 아름답습니다

가을꽃

꽃이 피면
내일이 빨라질 텐데

꽃 한 송이 피우려
손 내민 세월이여

마지막을 향하여
내려놓을 때

향기 나는 꽃을
피운다는 것을 알지만

한 잎 두 잎
저문 가을 언덕에

비우기도 전에
언제 피었는지

후회하기도 전에
언제 지었는지

시든 꽃대만이
바람에 흔들리고 있네

꽃 한 송이

누군가를 사랑하고 있다면
그것은
꽃 한 송이를 피웠다는 것

사랑은
꽃 한 송이 시들지 않도록
그늘이 되어 주고

꽃 한 송이 꺾이지 않도록
언제나
바람막이가 되어 주는 것

삶이
아무리
괴롭고 힘들게 하여도

사랑은
꽃 한 송이를
서로 영원히 지켜 주는 것

가을꽃처럼

새싹을 틔워 따뜻한 햇살 보살핌으로
줄기를 세우고 이파리도 내밀어 봅니다
강렬한 태양을 숨 가쁘게 받아 마시고
꺾이지 않으려 비바람에 흔들리다 보면
어느새 태양도 숨을 죽이고
하늬바람 불어와 정갈한 꽃을 맞이합니다

참 힘들게 견디며 여기까지 왔습니다
참 오랜 시간 걸려 꽃 한 송이 피웠습니다
당신이 보아 주지 않아도 예쁜 꽃이어야 할 텐데
당신에게 전해지지 않아도 향기로워야 할 텐데
보아 주기도 전에 꽃잎엔 하얀 서리 내리고
전해지기도 전에 푸른 잎마저 물들어 갑니다

높바람 불어와 떠나보낼 때면 아쉬움 가득해도
사라지는 모습에 마음 상하지 않도록
가을꽃은 정갈하게 피웠으면 좋겠습니다
삶의 여정으로 남겨진 꽃 한 송이
시린 바람 불면 또 다른 채움 없이 비우는
가을꽃이었으면 참 좋겠습니다

까실쑥부쟁이

까칠하게 살지 않아도
당신은 아름답고

매몰차게 대하지 않아도
당신은 돋보였을 텐데

작은 꽃 한 송이 피우려
까실까실 치장하고

찬바람 불면 흩어질
꽃씨 한 줌 부여잡으려

그렇게도
모질던 흔적들이여!

세월이 흘러
칼끝에서 피어나는 솜꽃처럼

누군가에게
더 이상은 상처가 아니길…

보리밭

아직도 오월이면
내 마음엔 보리밭 물결이 찰랑인다

아버지는 소쇠랑으로 밭을 갈아
보리씨를 뿌리고

어머니는 호미질로 새파란 보리싹을 보듬어
밥상에도 도시락에도 언제나 보리밥이었다

사위어 가는 가장의 권위는
보리밥 한 곁에 하얀 쌀밥으로 세워 드리고

커다란 냄비에 비벼진 보리밥엔
어머니의 슬픔이

옹기종기 어린 자식들 숫가락질엔
배고픔이 담겨 있었다

한여름 밤에 별을 헤아리고
달밤엔 소원을 빌며
보리밥의 슬픔을 잊고 살던 시절

오늘은
풍요에 질려 그리움에 질려

바람에 스친 청보리밭 찰랑이는 물결이
그 시절을 아련히 깨운다

들꽃

당신이 푸르고 있어
나는 꽃이 되어 갑니다

당신은
밟히고 밟히어도

한 줌의 햇살로 초록별 되어
푸르게 빛나고

당신은
꺾이고 꺾이어도

실바람으로 다시 일어나
절망하지 말라 합니다

천둥번개에도 언젠가는
사라지지 않는 작은 별처럼

다시 일어나
당신이 빛나고 있어

어둠이 내리는 밤에
나도 함께 별꽃이 되어 갑니다

단풍

푸르름 지나
이 산 저 산 물들어 간다

맑고 깨끗하게 살았으니
알록달록 물드나 보다

청춘 지나
이 사람 저 사람 물들어 간다

욕되고 허망되게 살았으니
순백으로 물들이나 보다

붉게 물든 나무들
어느새 반백인 나도

결국엔 내려놓고
순수로 되돌아가는 여정인가 보다

민들레

홀씨 하나 품고
산을 딛고 강을 건너

메마른 땅에서
밟히고
꺾일지라도

일편단심
꽃 한 송이 피울 때까지

살아남기를
빌며
기다리며

오늘도
나는

흩어지는 홀씨 하나 잡아
바람에 태운다

투구꽃

누군가엔
햇살이
미움을 키우고

미움은
꽃을 피워도
미움이지만

누군가엔
구름이
사랑을 부르고

사랑은
꽃이 져도
사랑인 것을

꽃은
이미 칼을 차고
투구를 쓰고 있네

가파도 황보리밭

바다 숨소리는
풀잎눈을 깨우고

파도에 밀린 바람은
푸르름을 채워

어제는
찰랑이며 참 푸르더니

어느새
바람의 손짓에도
침묵만이 가득하네

언제까지나
푸르름 잃지 않으려

바다를 헤집고 떠오른
태양을 품고 있건만

파도를 넘는 바람에도
흔들리지 않는 황보리처럼

나도 세월 따라
침묵으로 가는가 보다

4부

광장의 빛은 잠들지 않는다

파도

세상을 지배하려는 사람들
거친 파도에 채찍을 가하며
바다를 지키는 바위를 할퀴고

운명을 거스르지 못하며
바다에 떨어지는 빗방울처럼
살아가는 사람들

파도에 밀려 어디로 가는지 모른 채
허우적거리며
너와 나의 손은 멀어져 간다

휘몰아치는 바람에
그칠 줄 모르고 거세진 파도는
끝없이 바다를 삼키려 하지만

태고부터
변함없이 지켜 주는 바위에 부딪혀
잠시 방향 없이 흩어지고

다시 저 멀리서
끊임없이 닥쳐오는 파도를
아는지 모르는지

잔잔한 바다에는
내일을 기약할 수 없는 빗방울이
소리 없이 잠긴다

그날의 바다

그날의 바다에서는
아무도 님들을 살리려 하지 않았다
그냥 가만히 있으라 할 뿐

품 안에서 영원히 사라지고 있음을
마냥 바라만 볼 뿐
아무도 님들을 안아 주지 못했다

차디찬 물속에서
공포에 울부짖으며 눈을 감지 못하고
허공을 향하여 휘젓는 두 손을
아무도 잡아 주지 않았다

사랑하는 사람 남겨 놓고
분노만 가득한 채
꽃봉오리 피우지 못하고
원망만 가득한 채

오늘도
그날의 바다는 잠들지 못하고
사나운 파도는 수평선을 넘어
돌아오지 않는 불멸의 통곡으로 헤맨다

죽지 않고 살 수 있었노라고…

광장

밤하늘에 별은 떠 있어도

별빛은 잠들고

한 끼 삶이 고달파

저 별은 너무도 멀리 있네

희미한 별빛마저

색안경 속으로 사라지는

절망의 극야에서

어둠을 밝히려

함께여서 꺼지지 않는

촛불을 맞잡고

기도하며 지르는

벌거벗은 천둥소리만이

잠든 별빛을 깨우고 있네

망국의 길 5대 공신

1등 공신 윤석열은 무능해서 1등 공신이요
2등 공신 언론들은 부역해서 2등 공신이요
3등 공신 검찰들은 부패해서 3등 공신이요
4등 공신 국힘들은 공범으로 4등 공신이요
5등 공신 우리들의 무저항이 5등 공신이다

〈망국의 길을 한탄하며〉

한 나라의 꼭대기에서
무능한 자는 폭력을 휘두르고

감시견은 애완견이 되어
검은 잉크로 진실을 덮으며

폭력과 권력 앞에 녹슨 칼은
힘없는 자만 찌르고

그의 곁에서 주워 먹는 자들
배가 땅에 붙도록 엎드리는데

무너지는 것을 바라만 보며
침묵하는 사람들

망국의 길은
어쩔 수 없이 필연으로 가나 보다

광장의 꽃은 잠들지 않는다

팔십 년 오 월에 쓰러진 광장의 붉은 피
오늘은 광장의 꽃으로 다시 피어나고

총부리에 찢기어 떠돌던 한 맺힌 영혼들
오늘은 다시 광장의 빛으로 태어난다

어둠이 와도 눈발이 쏟아져도
추위에 손발 얼어붙어도

광장엔 수많은 꽃들이 피어나
너희는 우리를 절대 대신할 수 없음을

빛이 되어 꽃이 되어
너희들은 정말 아님을 온몸으로 절규한다

함께라면
짓밟히지 않을 것이며

두려워하지 않으면
빛의 세상이 온다는 것을 믿고 있기에

몸은 눈 속에서 밤새워 얼어붙어도
마음은 꽃으로 피어나

너희들은
다시는 우리의 주인이 될 수 없음을

영원히 기억하려
광장의 꽃들은 오늘도 잠들지 않는다

* 2024. 12. 3. 내란 사태 후 민주주의를 위하여 눈에 덮인 채 밤새 광장을 지
켜 준 2030 젊은 여성들에게 이 시를 바칩니다.

망국의 길목에서조차
사욕으로 가득 찬 5대 망언자들

1위 윤석열
친위 쿠데타는 경고용 계엄이었다
2위 권영세
탄핵안 표결 현장에 있었더라도 표결에는 참여하지 않았을 것이다
3위 서천호(국힘의원)
헌법재판소, 중앙선거관리위원, 공수처는 모두 때려 부숴야 한다
4위 황교안
법원에 들어간 사람들은 폭도가 아니라 의거자들이다
5위 윤상현
시간이 지나면 다 찍어 주더라

〈그대들의 망언을 영원히 기억하며〉

우리들은
망국의 길목에서조차
얼마나 사리사욕을 채우려 하는지
그대들의 추악한 진면목을 보았다

그대들의 망언이
공동체를 얼마나 망가뜨리는지
우리들은 똑똑히 보았다

그대들의 망언이
폭력을 부추겨 평화를 어떻게 파괴하는지도

우리들은 분명히 보았다

그대들이 아무리 위선자라 해도
이 정도는 아닐 것이라고 믿고 싶었었는데
어찌 이리도 망가질 수 있단 말인가

그대들이 사람인가?
그대들이 우리 공동체를 인정하는 자들인가?
그대들이 왜 이리도 부끄러운가!

우리들은
그대들의 추악한 진면목을 영원히 기억하며
다시는 그대들에게 속지 않으리라

우리들은
기필코 그대들을 용서치 않을 것이며
반드시 광장의 빛으로 새 길을 열리라

구국의 길 5대 공신

1등 공신은 지난 역사에서 총부리에 피흘린
영혼들의 깨우침이 1등 공신이요
2등 공신은 민주시민의식이 살아 있는 젊은
병사들의 폭력에 대한 반발이 2등 공신이요
3등 공신은 그나마 책무를 다한 국회로
반란에 법적 저지선 역할을 해낸 3등 공신이요
4등 공신은 밤새워 몸이 얼어붙어도 광장을 지킨
이공삼공 여성들을 비롯한 민주시민들이요
5등 공신은 국가의 모든 체제가 흔들릴 때
최후의 보루가 되어 준 헌법재판소에 있을 것이다

〈그대들에게 바칩니다〉

총부리에 피 흘린 영혼의 외침
역사의 어둠을 깨우고

젊은 병사의 떨리는 손끝
폭력에 저항한 정의의 외침

국회의 문턱에 서서
반란의 파도를 막아선 이들

찬바람 속 광장을 지킨
얼어붙은 손, 뜨거운 가슴

폭력의 광기 앞에서도
흔들리지 않은 법의 저울

이 빛들이 모여
구국의 길을 밝히나니

우리는 그 길 위에 서서
새 역사를 쓰리라

시집 1의 '반환'이 이루어지다

「'반환'

2019년 그대가
잔혹하게 파괴하려 하였어도
우리는 기필코 멸하지 않았으며

그대의 탐욕이
내 몸에 화살로 박혔을지라도
우리를 꺾지는 못하였다

탐욕에 칼을 잡고
9.6 쿠데타를 정의라 하지만
언젠가 그 칼끝은 그대를 향할 것이다

뻔뻔한 그대가
정의의 가면을 쓰고 장수처럼
칼을 휘두르며 나를 따르라 하지만

찢겨진 파편을
우리들이 가슴에 품고 있는 한
2019년 9월 6일은 잊지 않을 것이며

찢겨진 선혈을 기름 삼아
촛불이 타고 있는 한

정의는 그대를 용서치 않을 것이다」

〈반환이 이루어지다〉

그대들의 폭력에 치를 떨며
그대들의 무능에 절망하며
그대들의 사욕에 진저리치며
그대들을 잊지 않고 있던 사람들

끝내 굴종하지 않으니
총으로 굴복시키려 하였지만
역사 앞에 피 흘린 영혼과
민주의식이 살아 있는 젊음과
광장을 지킨 수많은 빛들이 있어

그대들의 폭력과 추악한 권력은
2025년 4월 11일에
주인의 품으로 반환이 완성되었다

* 시집 1 "꽃은 시들 수 있어 아름답다"

잔불

봄이 오려는 자리에
한바탕 휩쓸고 간 화마의 잔불
고개를 쳐들며

화마의 뒤바람
봄을 맞이하려는 꽃눈에
아픈 상처를 낸다 하여도

봄은
시린 바람을 떨쳐내며
새싹은 바람을 뚫고

숲은
잔불의 숨통을 끊으며
이 산 저 산 푸르름 가득 차리라

그을린 가슴에
타 버린 가슴에
씻어 내리는 봄비 내리고

너와 나
꽃에 기대어 손에 손 잡고
새봄을 맞이하리라

* 2025년 3월 8일 내란 우두머리가 석방된 날 지음

꽃잎

2025년 4월 11일 11시 22분
바람도 웃고
꽃들도 웃었다

파도도 웃고
새들까지 노래하니
나는 춤까지 추었다

꽃잎의 고통을 모르는 자
꽃들의 아픔을 모르는 자
파도의 위대함을 모른 자

꽃들이 지르는 함성에
꽃들이 흔드는 파도에
오는 봄을 막지 못하였고

아직도
거짓의 손짓을 기다리는 자들
또다시 깊은 상처를 줄지라도

꽃잎은
엄혹했던 겨울을 이겨 내고
찬란하게 새봄을 맞이하리라

촛불이 빛으로

촛불은
2017년 3월 10일을 기억하고 있는데
그대들은 벌써 그날을 잊었는가

무능한 권력이 얼마나 고통을 주는지
우리들은 아직도 기억하고 있는데
우리들은 아직도 분노하고 있는데
그대들은 벌써 촛불이 꺼졌다고 여겼는가

무능함도 모자라 폭력적인 그대들
어찌하여 칼을 휘두르고
그것도 모자라 총을 겨누었는가

총으로 우리를 계몽하려 하였다니
폭력에 계몽당하는 인간이 있는가

처음부터 끝까지 거짓으로 우리를 기만하고
함께 사는 우리 공동체를 파괴하려 하였음에

꺼지지 않은 촛불은 다시 깨어나
분노의 빛으로 승화되어
포악한 권력자의 탐욕을
2025년 4월 11일에 끌어내렸다

승화된 광장의 빛은
무능하고 폭력적인 권력자가
다시는 이 땅에 나타나지 못하도록
영원히 어둠을 밝히고 있을 것이다

선택

꽃은
봄을 위하여
피지 않을지라도

봄이
오지 않으면
꽃을 피우지 못하리라

모든
꽃이 꺾일지라도
봄은 온다지만

한 송이
꽃이 꺾이어도
겨울이 올 수 있으리라

ChatGPT

자연 속에서 삶을 성찰하고, 시대를 기록하는 시학

시집 『너도 작은 별 나도 작은 별이다』는 자연을 통해 인간의 삶을 성찰하는 동시에, 시대적 현실을 기록하는 작품이다. 시인은 자연의 섭리를 통해 삶의 본질과 순환을 탐구하면서도, 불의한 시대를 살아가는 인간의 고통과 저항을 외면하지 않는다. 이 시집은 자연과 인간, 개인과 공동체, 서정과 현실을 조화롭게 엮어내며 독자들에게 깊은 사산을 유도한다.

이 작품을 분석함에 있어, 크게 ① 자연 속에서 발견하는 삶의 진실, ② 시대를 기록하는 저항의 언어, ③ 서정성과 감성적 깊이, ④ 형식적 특징과 시적 표현, ⑤ 비판적 관점에서의 평가, ⑥ 종합적 결론이라는 여섯 가지 측면에서 접근하고자 한다.

Ⅰ. 자연 속에서 발견하는 삶의 진실

시집에서 가장 두드러지는 특징 중 하나는 자연의 섭리를 통해 인간의 삶을 해석하는 방식이다. 시인은 자연의 순환과 변화를 인간 삶의 비유로 삼으며, 이를 통해 존재의 의미를 탐색한다.

1. 삶과 죽음, 그리고 순환의 철학

이 시집은 자연의 순환을 통해 삶과 죽음을 조망하며, 이를 하나의 필연적인 과정으로 받아들이도록 유도한다.

예를 들어 「삶 1」에서는 나무 한 그루의 성장과정을 통해 인생을 상징적으로 표현한다.

"뿌리
　　　고난
줄기
　　　인내
꽃잎
　　　사랑
낙엽
　　　이별"

이처럼 인간의 삶은 자연의 순환과 닮아 있으며, 고난과 인내를 거쳐 사랑을 피우지만, 결국 이별과 소멸을 맞이하게 된다는 깨달음을 준다.

「삶 2」에서는 자연 속 생명들이 겪는 역경을 통해, 인간이 어려움 속에서도 살아가야 하는 이유를 시적으로 표현한다.

"바람이 불면 흔들리고
비가 오면 빗방울에 두들리며
눈이 오면 가랑이 짓눌려도
쓰러지지 않으려 몸부림치고"

이러한 구절들은 삶이 결코 쉬운 여정이 아니지만, 우리가 끝까지 버티고 살아가야 하는 이유를 자연을 통해 깨닫게 한다.

2. 공존과 연대의 가치

이 시집은 자연 속에서 공존하는 다양한 존재들을 통해, 인간 사회 또한 서로 조화를 이루며 살아가야 함을 강조한다.

「꽃들의 세상」에서는 다양한 꽃들이 함께 피어 아름다움을 이루듯, 인간 사회도 서로 다름을 인정하며 조화를 이루어야 함을 이야기한다.

「작은 별」에서는 우리 모두가 작은 별처럼 개별적으로 존재하지만, 함께 빛날 때 더욱 의미 있는 삶이 된다는 메시지를 전달한다.

자연 속에서 배우는 공존의 원리는 단순한 이상이 아니라, 우리가 실천해야 할 현실적 가치로 제시된다.

Ⅱ. 시대를 기록하는 저항의 언어

이 시집은 자연을 통한 서정적 탐구를 넘어서, 시대적 현실을 강하게 기록하는 시들 또한 프함하고 있다.

1. 불의한 권력과 사회적 부조리에 대한 비판

시인은 민주주의의 가치가 훼손되고, 불의한 권력이 민중을 기만하는 현실을 외면하지 않는다.

「촛불이 빛으로」에서는 부조리한 정권에 대한 저항과 시민들의 힘을 강조한다.

"꺼지지 않은 촛불은 다시 깨어나

분노의 빛으로 승화되어

포악한 권력자의 탐욕을

2025년 4월 11일에 끌어내렸다"

이는 단순한 정치적 비판이 아니라, 역사의 증언이며, 공동체가 정의를 회복하는 과정에 대한 기록이기도 하다.

2. 역사적 아픔과 희생의 의미

「광장의 꽃은 잠들지 않는다」에서는 민주주의를 위해 희생한 이들을 기리는 한편, 그들의 희생이 헛되지 않음을 선언한다.

"광장엔 수많은 꽃들이 피어나
너희는 우리를 절대 대신할 수 없음을
빛이 되어 꽃이 되어
너희들은 정말 아님을 온몸으로 절규한다"

이 시들은 단순한 감상의 대상이 아니라, 시대의 아픔을 기억하고 기록하는 문학적 연대기의 역할을 수행한다.

Ⅲ. 서정성과 감성적 깊이

이 시집은 강한 메시지를 담고 있음에도, 감성적 깊이를 유지하는 방식으로 서정성을 극대화한다.

1. 상실과 그리움의 정서

「별빛 사랑」, 「고향」, 「피지 못한 꽃」 등의 시에서는 사랑과 그리움, 가족과 삶의 기억을 따뜻한 시선으로 그려낸다.

"삶이 다할 때까지
별빛으로 빛나고 있으리라"
"가고파라 가고파라
서산에 해 질 무렵
소 모는 아이 돌아올 때면
굴뚝엔 하얀 연기 피어오르고"

이러한 시들은 독자들에게 감성적 울림을 주며, 시대적 아픔을 다룬 시들과 균형을 이루는 역할을 한다.

Ⅳ. 형식적 특징과 시적 표현

이 시집은 대체로 자유시 형식을 따르지만, 일부 시에서는 산문에 가까운 직설적인 서술이 등장한다.

서정적인 시들은 짧고 함축적인 표현을 사용하여 감성적 울림을 극대화한다.

반면, 정치적 메시지를 담은 시들은 산문적이고 직접적인 어조를 띠며, 때로는 선언문처럼 읽힐 수도 있다.

이러한 형식적 차이는 독자들에 따라 호불호가 갈릴 수 있는 요소이다.

Ⅴ. 비판적 관점에서의 평가

이 시집은 높은 문학적 가치를 가지지만, 몇 가지 보완점도 존재한다.

1) 일부 시의 직설성이 감성적 울림을 약화할 수 있다. 사회적 메시지를 담은 시들이 지나치게 직접적이어서 문학적 여운이 줄어드는 경향이 있다.

2) 자연과 시대적 메시지의 유기적 결합이 부족할 때가 있다. 두 주제가 개별적으로 존재하는 느낌을 줄 수 있으며, 더 유기적인 연결이 필요하다.

3) 형식적 다양성이 부족하다. 보다 실험적인 형식이 추가되었다면 시집의 문학적 완성도가 높아질 수 있었을 것이다.

Ⅵ. 결론: 자연과 시대를 아우르는 시적 조화

『너도 작은 별 나도 작은 별이다』는 자연과 인간, 개인과 공동체, 서정과 현실을 조화롭게 담아낸 시집이다.

자연 속에서 삶을 성찰하고,

시대적 아픔을 기록하며,

희망과 공존을 이야기한다.

이 시집은 단순한 감상의 대상이 아니라, 삶과 시대를 고민하게 만드는 작품이다.

자연 속에서 우리는 모두 작은 존재들이지만, 각자의 빛을 내며 살아간다. 그리고 언젠가 그 빛이 사라지더라도, 새로운 빛이 다시 태어나며 세상은 이어진다.

『너도 작은 별 나도 작은 별이다』는 바쁘고 혼란스러운 현대 사회에서, 자연을 통해 삶의 의미를 되찾고 이들에게 따뜻한 위로와 공동체를 위한 성찰을 제시하는 시집이라 할 수 있다.

너도 작은 별
나도 작은 별이다

초판 1쇄 발행 2025년 7월 25일

지은이   오세찬
펴낸이   이기봉
편집   좋은땅 편집팀
펴낸곳   도서출판 좋은땅
주소   서울특별시 마포구 양화로12길 26 지월드빌딩 (서교동 395-7)
전화   02)374-8616~7
팩스   02)374-8614
이메일   gworldbook@naver.com
홈페이지   www.g-world.co.kr

ISBN   979-11-388-4482-6 (03810)